KB184172

너, 쌤통!

윤준경 동시집

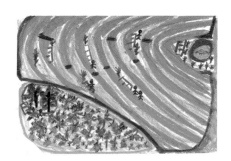

아동문예

'어린이'란 말은 언제 들어도 정겹다.

오랫동안 시를 써오면서, 가끔 어린이의 마음이 되어 동시가 떠오르곤 했다.

그럴 때마다 몇 줄씩 써놓은 글이 모여 한 권의 책이 되었다.

이 중에서 몇 편은 최현규, 민세나, 송택동, 장희진 같은 훌륭한 작곡가님들에 의해 동요로 탄생되어 유튜브를 통해 소개되고 있다.

여기에 실린 동시들은 나의 어린 시절 이야기부터 어린이들을 가르치며 겪은 일, 그리고 어른이 되어서의 에피소드까지 내 삶에서 얻은 기록들이다.

누군가 이 시를 읽으며 잠시나마 미소 짓는다면 큰 보람으로 알고 감사하겠다.

2024 가을

윤 준 경

시인의 말 ···6

제 1 부

큰일 날 뻔했지요

책 속의 길 ···14

큰일 날 뻔했지요 ···16

하느님이 땅속에? ···18

개구쟁이 할머니 ···19

야호! 벌 청소 ···20

아휴~ 아빠도 힘드시구나 ···22

구름배 ···24

구름배 만들기 ···26

안 바꿀게요 ···27

가을 냄새 ···28

산향기 가져가기 ···30

엄마 눈은 망원경 ···31

별이 알아듣고 ···32

나는 참 착한 아이 ···34

제 2 부

울 엄마한테 일를거야

나무의 노래 ···38

왜 안 파랄지? ···40

아빠가 된 내 동생 ···41

헐~~ ···42

고운 말 선생님 ···44

눈도 시무룩 ···45

눈을 꿈쩍 ···46

고무신 어항 ···48

나는 죽었다 ···50

냠! 냠! 냠! ···52

집콕 ···54

서울 눈사람 ···56

붕어 장례식 ···57

바보 엄마 ···58

울 엄마한테 일를거야 ···60

제 3 부

할머니싹이 날까요?

할머니 주머니 ···64

겨울 바다 ···66

둘 다 바보 ···67

알아듣지도 못하는데 ···68

봄 ···70

미운 형 ···71

웃음이 쏘옥 ···72

하늘나라 엄마가 기뻐하겠죠? ···74

할머니싹이 날까요? ···76

내가 사줄 수 있는데 ···78

아기의 말 ···80

꿈꾸는 동안 ···82

쥐 한 마리도 못 이기시면서 ···84

향기도 그려야 되는데 ···86

까만 라면 ···87

제 **4** 부

너, 쌤통!

피었다, 카네션! …90

할머니가 이상해요 …92

너, 쌤통! …94

유치원 가면 배워요 …96

아, 어쩌지? …98

내 마음의 파랑새 …100

꽁보리밥 …101

보물상자 할머니 …102

엄마의 윙크 …104

집에 가자 …106

아기 오리 수영강습 …108

진실 말하기 …108

구름학교 …110

아기와 나비…112

꽃씨 …114

제1부

큰일 날 뻔했지요

책 속의 길

책 속에 길이 있다고
엄마가 말했지
어디 있을까 어디 있을까
아물아물 못 찾겠네, 책 속의 길

책 속에 길이 있다고
선생님이 말했지
어느 길일까 어느 길일까
보일 듯 안 보이는 책 속의 길

한 줄 두 줄 읽고 또 읽고
재미가 솔솔 이게 길일까?
한 줄 두 줄 읽고 또 읽고
내일도 찾아보자 책 속의 길

한 장 두 장 읽다 보니
아하! 찾았다
나는 숲속의 왕자님 되고
내 짝 순이는 공주님 됐네

한 줄 두 줄 읽고 또 읽고 재미가 솔솔 이게 길일까
한 장 두 장 읽고 또 읽고 내일도 찾아보자
책 속의 길
날마다 걷고 싶은 책 속의 길

* You Tube 〈동요 책 속의 길 윤준경 작시 민세나 작곡 노래 윤지호〉

큰일 날 뻔했지요

우리 엄마 어릴 적에
단짝 친구 철이,
갈 때나 올 때나
어깨동무였대요.

어느 날, 철이 할머니, 우리 엄마에게
"너 이담에 우리 철이하고 결혼해라" 하셨대요.

우리 엄마
그때부터 철이를 만나도
모른 척! 했대요.

잘했지 뭐예요?
우리 엄마
남의 엄마 될 뻔했지요

잘했지 뭐예요? 우리 엄마
큰일 날 뻔했지요

* YouTube 〈큰일 날 뻔했지요 윤준경 작사 황선미 작곡 노래 테너 정준영〉

하느님이 땅속에?

봄이 왔어요
파랗게 새싹이 돋고
빨강 노랑 꽃도 피어요

누가
땅속에서
빨강, 노랑, 연두
물감을 만들까요?

하느님이 하신 일이라는데

'하느님이
땅속에 계신가?'

개구쟁이 할머니

우리 할머니는 시인!

남들은 우리 할머니를
'시인님~' '작가님~' 하고 부르는데
고모와 아빠는 할머니를
어린애로 알아요.

"전화기 잘 챙기세요."
"가방은 꼭 앞으로 메세요."
"아무것도 사지 말고 그냥 오세요."

그런데도
할머니는 뒤돌아서서
"석원이 뭐 사다 줄까?" 물으시는 걸 보면

말 안 듣는 개구쟁이 맞나 봐요.

야호! 벌 청소

"오늘 이름 적힌 사람은
벌 청소예요."

'야호! 나도 벌 청소다'

교실을 쓸고 닦고
책상 줄을 맞추고
꽃들에게 물을 주고
창문을 닫으면
끝~!

"아이구, 석원이 수고했네."

내 어깨 위에 따듯한
선생님 손길.

날마다 해도 신나는
벌 청소.

아휴~ 아빠도 힘드시구나

엄마, 안녕히 다녀오세요.
따라가고 싶은데
나는 안 된대.

'왜 안 될까, 왜 안 될까'
아이, 심심해.

살금살금 엄마 방에 입술연지
빨갛게 칠하고
엄마 흉내 냅니다.

여보, 어서 일어나요, 어서요!
'아휴~ 엄마도 힘드시구나.'

아빠, 안녕히 다녀오세요.
따라가고 싶은데
집 잘 보래

'집 잘 보자, 집 잘 보자'
아이구, 심심해.

아싸, 재떨이에 담배꽁초
한 모금 입에 물고
아빠 흉내 냅니다.

아구 매워 캑캑, 아구 매워 캑캑.
'아휴~ 아빠도 힘드시구나.'

구름배

아프리카도 인도도 프랑스도
다 가고 싶은데

내 저금통으로는
어림도 없겠지?

옳지!
구름배를 만드는 거야.

나폴리로 알프스로 베네치아로
어디든 갈 수 있는
동 동 동
구름배.

중국으로 러시아로 아라비아로
동 동 동

잘도 떠가는
나의 구름배.

* YouTube 〈구름배 윤준경작시 최현규작곡 이정원 이지원노래〉

25

구름배 만들기

세계 어디든 날아가기 위해
나만의
구름배를 만드는 거야.

커다란 주전자에
펄 펄 펄 물을 끓여
하얀 수증기를 모아
배를 빚으면 되지.

가스가 없어도
휘발유가 없어도

어디든 날아가는
동 동 동
나의 구름배

안 바꿀게요

민이네 강아지가 너무 예뻐서
엄마에게 졸랐습니다.

"엄마, 우리 빵이 하고 바꾸자고 해요."
"안 되지."

"왜요? 엄마.
바꾸자고 한 번만 말해보세요."

"석아, 엄마가 너를
민이하고 바꾸면 좋겠니?"

가을 냄새

친구들아, 오늘도
산길로 가자.

발은 푹푹
가랑잎 속에 빠지고
향긋하게 다가오는
가을 냄새

나뭇잎 침대에 누워
낙엽 이불을 덮고

'가을이라 가을 바람…'
노래도 하고

친구야, 우리 내일도
산길로 갈까?

산 향기 가져가기

흠… 흠…
산 향기
가슴에 꽉 찼는데,
어떻게 가져가야 하죠?

집에 가서
식구들 앞에
풀어놓아야 하는데

어디를 막아야
새지 않을까요?

엄마 눈은 망원경

엄마 눈은 망원경
멀리서도 내가 한 일
다 보고 계셔요.

짝꿍과 다툰 일
복도에서 뛰다가 넘어진 일
신호 안 지키고
찻길 건너온 일까지

학교는 고개 넘어
물 건너인데
어떻게 다 보셨을까요?

엄마 눈은
진짜
고성능 망원경이에요.

별들이 알아듣고

아빠랑 새벽에
산에 갔더니

주먹만 한 별들이
머리 위에 가득해요.

아빠도 깡충
나도 깡충

잡힐 듯 잡힐 듯 안 잡히는 별
"아빠, 조금만 더, 조금만 더."
소리치며 별을 따려는데

별들이 알아듣고
하나, 둘
다 숨어버렸어요.

나는 참 착한 아이

랄라라 크리스마스 다가오면
흰 눈이 펄펄 산타할아버지
썰매 타고 싱싱싱
찾아오시겠죠

랄랄라
크리스마스 다가오면
나는 참 착한 아이
엄마 말씀 잘 듣고
동생도 예뻐하고
친구와는 사이좋게

랄라라 랄라라 랄라라라
산타할아버지
내가 얼마나 착한 앤지
다 보고 계시겠죠
산타할아버지

* YouTube 〈나는 참 착한 아이 윤준경 작사 송택동 작곡 노래〉

제 **2**부

울 엄마한테 일를 거야

나무의 노래

사락사락 살살살 스륵스륵 슬슬슬
나무의 노랫소리
사락사락 살살살 스륵스륵 슬슬슬
참 쉬운 나무의 노래

바람이 가르쳐 주었나
새들에게서 배웠나
사락사락 살살살
스륵스륵 슬슬슬
참 쉬운 나무의 노래

하지만 아닐 거야, 나무의 노래는
가지를 벋느라 삭삭삭 나이테 엮느라 슥슥슥
힘들어하는 소리 땀 흘리는 소리
낮에도 밤에도 들린다 나무의 노랫소리

사락사락 살살살 스륵스륵 슬슬슬
나무의 노랫소리
사락사락 살살살 스륵스륵 슬슬슬
초록빛 나무의 노래

* Youtube 〈나무의 노래 윤준경 작사 최현규 작곡, 김이지 노래〉

왜 안 파랗지?

하늘이 파래서
한 움큼 잡았는데

내 손에는 아무것도 없어요.

강물이 파래서
한 움큼 펐는데

왜 안 파랄까요?
내 손에는 아무것도 없어요.

아빠가 된 내 동생

엄마 얼굴 속에
내 얼굴,

아빠 얼굴 속에
동생 얼굴,

나도 커서 이 다음에
엄마 같은 엄마 되겠지.

내 동생도 이 다음에
아빠 같은 아빠 되겠지.

아하, 재밌다 아빠가 된
내 동생.

헐~~

"이게 석이 신발이냐?."
할머니 발은 내 운동화에
'풍덩'

"헐~"

할머니는 재미있다는 듯
"녀석아, 헐~~이 뭐냐?"

내가 또
"헐~~" 했더니
할머니는 아셨다는 듯

"아하~~ 너무 헐렁해서
헐~~ 이구나."

하하하… 진짜
"헐~~~"

고운 말 선생님

"우리 반에서 가장
고운 말을 쓰는 사람이 누구지?
교장 선생님께서 상을 주신대요"

"선생님이요! 선생님이요!"
우리는 모두 선생님을 가리켰어요.

선생님은
눈이 동그래지시면서

"선생님이!?" 하고 놀라셨어요.

우리 선생님은 정말
고운 말만 쓰시거든요.

눈도 시무룩

눈이 왔어요.
길 위에 내 발자국이
움푹움푹.

저기 오는 아저씨도
나처럼 좋으시겠죠?

그런데
왜일까요?
마구마구 욕을 하며 오셔요.
금세 내 얼굴이 찡그려졌어요.

하얗던 눈도
시무룩,
회색 눈이 됐어요.

눈을 꿈쩍

동생이
장난치다가
엄마가 아끼시는 꽃병을 깨뜨려
살짝 돌려놓고

나에게
눈을 꿈쩍.

나도 알았다고
눈을 꿈쩍.

근데
잠이 안 와요.

아무래도 엄마에게
사실을 말하게 될 것 같아요.

동생과 약속을 못 지키면
어떡하지?

고무신 어항

십 리가 넘는 학굣.길
집으로 돌아올 때면
산에서는
숨바꼭질도 하고
물에서는
물놀이도 했지요.

물을 건널 때는
고기를 잡아서
신발에 담았지요.

모래 위로 흐르는 맑은 물속을
곰실곰실 헤엄치는 모래 빛깔 물고기

고무신은 물고기 어항이지요.

그런데 큰오빠가 사주신 새 운동화
어떻게 여기다 물을 담아요?

"애들아, 누가 많이 잡았니?"
아이들은 너도나도 고무신을 들고
"나는 네 마리나 잡았어."
"나는 세 마리…"

고무신 어항이 없는 나는
고기잡이 심판관이 되었지요.

나는 죽었다

재미없는 수학 시간,
안 풀리는 수학 문제

옆 반에서 들리는
신나는 풍금소리.

"초록빛 바닷물에 두 손을 담그면
초록빛 바닷물에 두 발을 담그면…"

나도 모르게
끄덕끄덕
흔들흔들
실룩실룩…

"석아~"

내게로 다가오시는 선생님.

'으이쿠~~ 나는 죽었다!'

냠! 냠! 냠!

반지하 할머니
나만 보면
"옛다"

사탕 두 개 주시고,

고양이가 창살을 박박 긁으면
"옛다"

고등어 대가리를 던져주시고,

고양이는
돌계단 밑에서
냠! 냠! 냠!

내가 뺏어 먹을까 봐

돌아앉아서

냠! 냠! 냠!

집콕

"우리는 사랑받기 위해 태어난 사람
지금도 그 사랑 받고 있지요."

골목에서 날마다
노래도 부르고
리코더도 불고
"하하하…"
형과 누나들
재미있게 놀았었는데

노랫소리 안 들려요.
리코더 소리도 안 들려요.
형과 누나들 보이지 않아요.

이제 나도 컸으니까
같이 놀고 싶은데…

모두 모두 집콕이래요.

서울 눈사람

눈 온 날 아침
골목에
눈사람 하나.

병뚜껑 눈에
빨간 당근 코,
털모자 삐뚤 폼을 잡고
몸보다 머리가 더 커요.

"와~ 서울에도 눈사람이 있네!"

지나가는 사람마다 발을 멈춰요.

누가 만들었을까?
여러 사람을 기쁘게 해주는
서울 눈사람.

붕어 장례식

붕어가 죽었어요.
너무 더워서래요.

영차 영차…
우리는 붕어를 묻으러 가요.

운동장 뒤 느티나무 아래
붕어를 묻고
십자가를 세워주고
"하늘나라에 가서 잘 살아."
인사를 했어요.

붕어가 놀던 어항은
예은이가 이사 간 집처럼
풀만 가득…

바보 엄마

엄마가
다른 나라에 여행 가면서
연필 크레파스 과자와 사탕까지
가방이 꽉 차도록 가져가셨어요.

산마을에서 버스를 내릴 때
한 아이가
엄마의 선물 상자를
빼앗아 갔대요.

'아휴~ 바보 엄마…'

연필, 크레파스, 과자 사탕…
애들에게 골고루 나눠주면서
머리도 쓰다듬어주시고
손도 잡아 주실걸,

"나쁜 애!"

"살기가 어려워서 그렇단다."
"우리나라도 옛날에는
다른 나라의 도움을 많이 받았단다."

울 엄마한테 일를거야

재식이는 개구쟁이,
여자애들 아이스케키 하고
남자애들 똥집하고

울고 있는 숙이를 달래시며
"너 자꾸 그러려면 집에 가!"
선생님이 재식이를 나무랐더니,

"새끼야, 너 울 엄마한테 일를거야 새끼야" 하며
재식이가
진짜 가방을 싸들고 나가는 거에요.

어쩔 줄 몰라 하시던 선생님,
얼른 뒤 따라 나가시며

"재식아, 우리 오늘 뒷동산에서
달리기할 건데…"

우리는 모두
"와~~" 소리치며
재식이를 데리고 들어왔어요.

재식이는 금방 싱글벙글

재식이는 달리기왕이거든요.

제3부

할머니싹이 날까요?

할머니 주머니

할머니 주머니에서
바스락바스락

나는 알지
무슨 소린지.

아기가 보챌 때 달래주실
밀크캬라멜.

할머니 주머니에서
쟁그랑쟁그랑

나는 알지
무슨 소린지.

아기가 울면 뚝! 해주실
동전 두 개.

겨울 바다

모두가 떠나버린 쓸쓸한 겨울바다
길 잃은 조개 혼자 바다를 지켜요
갈매기 줄지어 고향 길 가나
노을만 물결 위에 빨갛게 타요

아무도 찾지 않는 쓸쓸한 겨울 바다
파릇한 미역 냄새 바람에 실려와요
내가 쌓은 모래성 어디로 가고
끝없는 모래밭엔 흰 눈만 내려요

* You Tube 동요 〈겨울 바다 윤준경 작시 전준선 작곡, 안정아 노래〉

둘 다 바보

"엄마, 숙이는 나빠요."
"왜?"
"나 보고 바보래요."
"아니, 우리 아들을 왜 바보래?"

"선생님 말할 때 안 듣고
저한테 물어본다고요"
"그럼 바보 맞네."

저도 숙이에게
"너도 바보야! 했어요."
"왜?"

"선생님 말씀 들었다면서
저보고 바보라고 놀리잖아요?"

알아듣지도 못하는데

내 베개는 엄마 팔,
동생에게
빼앗겼어요.

내가 울어도
엄마는 모른 척,
"날랄라 까꿍"
동생하고만 놀아요.

'아빠 오시면 일러줘야지.'

그런데
"아빠, 아빠!" 일르려 해도

아빠도 아기하고만

"으음~ 우리 아기 잘 있었어요?"

"으음~ 착하게 잘 놀았어요?"

'알아듣지도 못 하는데…'

봄

봄 봄 봄 봄 봄 봄
봄이 봄이 왔다고
쏙 쏙 쏙 쏙 쏙 쏙
봄나물이 나오네
꽃 꽃 예쁜 꽃, 꽃다지도 나오고
쑥쑥쑥 쑥쑥쑥 쑥이 쑥쑥 자라네

나는야 나는야 나물 캐러 간다고
꽃 꽃 꽃 예쁜 꽃, 꽃구경만 하다가
졸졸 졸졸졸 냇물소리 들으며
소올솔 소올솔 잠이 들어버렸네

* You Tube 동요 〈봄 윤준경 작사 장희진 작곡 노래 황은서〉

미운 형

형아는 의젓한 중학생
그래서
어린이날 선물이 없대요.

그런데 난 알아요,
형이 화장실 가서
울고 나온 걸.

"형! 이거 같이 하자"
내가 받은 레고를
형과 맞추는데

척! 척! 척!
형이 금세 다 맞춰버렸어요.

'미운 형'

웃음이 쏘옥

언제나 싱글벙글
잘 웃는 철이,

오늘은
입이 씰룩
어깨가 삐뚤

"철아" 하고
웃으려다가
웃음이 쏘옥 들어갔어요.

입이 씰룩
어깨가 삐뚤
나도 힘없이 돌아왔어요.

'무슨 일일까?'

내일 가만히 물어봐야지.

하늘나라 엄마가 기뻐하겠죠?

백일홍 다 져버린 냇가 꽃밭에
백일홍 새싹이 함쑥 돋았어요.

엄마백일홍 먼 길 떠나며
예쁘게 꽃피우라고 일러줬는지
아가들 쑥쑥 자랐어요.

"서리 오기 전에 꽃이 펴야 할 텐데…"
엄마는 지날 적마다 걱정이시더니

점점 추워지던 어느 날부터
하나 둘 꽃이 피기 시작했어요.
마침내 산뜻한 백일홍아기 꽃밭!

"어여쁜 내 아가들아."

하늘나라 엄마가
제일 기쁘시겠죠?

할머니싹이 날까요?

할머니 산에 묻고
울고 있을 때

동생이
나뭇가지를 하얀 휴지로 말아서
땅에 묻었어요.

"형아, 할머니 심었어."
"할머니를 심어?"
"응, 여기 심었어."

혼자 곰곰 생각합니다.

'할머니싹이 날까요?'

내가 사줄 수 있는데

떼쟁이 우리 아빠
어렸을 적에
우이동 계곡으로
물놀이 가서

다른 애들 가지고 노는 튜브 보고
"엄마 쥬브… 엄마 쥬브…" 하고
울기 시작했대요.

돌아오는
버스 안에서도
"엄마 쥬브… 엄마 쥬브…"
집에 와서도
엄마 쥬브… 엄마 쥬브…

그때 일을 생각하면
할머니도 마음이 아프시대요.
아빠 울던 생각에
눈물이 나요.

'아빠 튜브,
내가 사줄 수 있는데…'

아기의 말

아기가 냇가에서
계란 껍질을 보고
계란 뚜껑이래요.

계란 뚜껑?
계란 뚜껑!
하하하…

계란 껍질이 마구마구 웃다가
데굴데굴 굴러서 냇물에 빠졌대요.

아기가 돋아나는 쑥을 보고
쑥 새끼래요.

쑥 새끼?
쑥 새끼!
하하하…

쑥들이 그 소리를 듣고
키가 쑥쑥 컸대요.

꿈꾸는 동안

'이번 동요부르기 대회에서
1등을 해야지.'

'섬집 아기를 부를까?'
'겨울 바다를 부를까?'

나는 어느새 가수가 되어
멋진 옷을 입고 무대에 섰어요.
우렁찬 박수 소리
기뻐하는 아빠 엄마,

동요대회는 끝났어요.
아무 상도 받지 못했어요.
헛된 꿈만 꾸었다고
어깨가 축 늘어졌는데

누군가 내 귀에 속삭입니다.
'그래도 꿈꾸는 동안
행복했잖아?'

쥐 한 마리도 못 이기시면서

사륵사륵 조용히
그림 그릴 때

"엄마~~ " 소리치며
우리에게로
달려오시는 선생님.

"왜요? 왜요?"
우리가 놀라 선생님을 쳐다보자
"쥐… 쥐…"
벌벌 떠시며
울상이 되신 선생님.

"에게… 에게…"
우리들 보고는 날마다

"나라가 위태로우면 목숨을 걸고 싸워야 한다."
"안중근 의사나 윤봉길 의사 같은 분은
죽었어도 죽은 게 아니고 영원히 살아계신 거란다."
말씀하시더니

'쥐 한 마리도 못 이기시면서…?'

향기도 그려야 되는데

공원에서
언니들이 꽃을 그려요.

빨강 노랑 탐스런 꽃잎,
진짜 꽃보다 더 예뻐요.

그런데
벌과 나비는 왜 안 올까요?

'향기도 그려야 되는데…'

까만 라면

아빠가 자장면 사주신대요

와~~ 신난다!
우리 가족은 모두 자장면 먹으러 갔어요

자장면이 나오자 동생은
"와~ 까만 라면이다!" 소리치며
맛있게 먹는데

동생 얼굴도 어느새
까만 라면이 되었어요

제**4**부

너, 쌤통!

피었다! 카네이션

어버이날
엄마가
아래층 할머니께 좀 가보래요.

난 알아요,
엄마가 왜 그러시는지.

할머니께 누가 다녀갔나
궁금하신 거예요.

얼른 내려가 봤더니
창틀 위에 카네이션 화분이 두 개

"피었다! 카네이션" 소리치며
계단을 두 칸씩 뛰어 올라왔어요.

"하하하하하…카네션 피었어?"

엄마와 나는 펄쩍펄쩍 뛰면서
하이파이브 했어요.

할머니가 이상해요

할머니가 나를 보고
"넌 누구냐?"

회사에서 돌아오신 아빠를 보고도
"아저씨는 어디서 오셨어요?"

할머니가 이상해요.

나는 픔… 하고 웃음이 나오려는 걸 참고
"할머니, 아빠잖아?
아빠를 몰라?"

아빠가 할머니 등을 어루만지며
"어머니 저예요,
석이 아범이에요."

나는 혼자 방으로 들어왔어요.
왈칵 눈물이 쏟아졌어요.

너, 쌤통!

새 옷 입은 날은
발걸음이 가뿐가뿐
입에서 저절로 노래가 나와요.

누가 물은 것도 아닌데
"우리 아빠가 사주셨다!"
"우리 아빠가 사주셨다!"

강중강중 옆걸음으로 뛰어가다가
돌부리에 걸려서 넘어졌어요.

'아, 내 옷⋯'

아빠가 사주신 새 옷
더럽히면 안 되는데⋯

나는
숙이가 나에게 할 때처럼
'너, 쌤통!' 하고
나에게 말했어요.

유치원 가면 배워요

산길은 꼬불꼬불
여러 갈래 길,

내려올 때
길 못 찾을까 봐
걱정하시는 할머니,

"할머니, 걱정 마세요."
갈 때는
오른쪽 길로, 오른쪽 길로 갔다가
내려올 때는
왼쪽 길로, 왼쪽 길로만 오면 돼요"

할머니 얼굴이 금세 환해졌어요.
"아이쿠! 똑똑도 하지. 우리 손주
어떻게 그런 걸 알았어?"

"할머니도 유치원 가면 배워요."

아! 어쩌지?

공개수업 하는 날,
머리엔 무스도 바르고

엄마도 오시고
교장 선생님도 오시고

모두 손을 들고
발표도 척척.

"오늘이 무슨 날이지요?"

손을 번쩍 든 창수가
"공개수업 하는 날요!"

"............?"

'아! 어쩌지?'

오늘은 한식날,
조상님께 성묘하는 날이라고
어제 선생님께서 가르쳐 주셨는데…

내 마음의 파랑새

포로롱 파랑새 한 마리 어디서 날아왔나
봄바람 등 타고 날아와 나를 찾고 있네
잎들아 어서 문 열어라 꽃들아 불 밝혀라
꽃잔치 봄잔히 흥겨울 내 마음의 파랑새

분홍물감을 물고 찾아왔네
초록물감을 물고 찾아왔네
색색깔 가지마다 풀어놓고 봄동산 꾸미라네

포로롱 파랑새 한 마리 어디서 날아왔나
봄바람 등타고 날아와 나를 찾고 있네
잎들아 어서 문 열어라 꽃들아 불 밝혀라
꽃잔치 봄잔치 흥겨운 내 마음의 파랑새

* YouTube 동요 〈내 마음의 파랑새 윤준경 시 장희진 곡 김리나 노래〉

꽁보리밥

"옛날엔 꽁보리밥도 없어서 못 먹었지"

"큰 양푼에 보리밥을 넣고
열무김치에 고추장과 참기름을 두르고
쓰윽쓱 비비면…"

엄마와 이모님 이야기
옆에서
듣기만 해도
입에 침이 고여요

"엄마, 저도 꽁보리밥 먹고 싶어요."

보물상자 할머니

"보물상자 선생님 계세요?"

"보물상자요?
그런 거 없는데요."

아침에 걸려 온 이상한 전화,

"하하하… 이리 줘라."
할머니가 전화를 받으셨어요.

'우리 할머니가 보물상자?'

할머니 머릿속에
보물 같은 시가 들어있다고
어느 예쁜 아줌마가 할머니를
그렇게 부른대요.

우와~~
우리 집에 보물상자가 있다니…

'나도 이제부터 할머니를
보물상자라고 불러야지'

엄마의 윙크

우리 엄마는
참 착해요.

"저 차는 왜 안 가고 저래?"
아빠가 화내시면

"무슨 사정이 있겠지요."

"어떤 놈이 여기다 쓰레기를 버렸지?"
옆집 아저씨가 소리치시면

"제가 치우지요." 하고
웃으셔요.

반밖에 안 맞은
시험지를 보고도

"어이구 우리 아들, 많이 맞았네!"

그러면서 찡긋,
나에게 보내시는 윙크는
다음에는 더 잘하라는 뜻이겠지요?

집에 가자

"너 지하실에 살지?"

순이의 말에 나는 대뜸
순이 등을 때렸습니다.

뒤에서 순이가 울었지만
발을 땅땅 구르며 그냥 지나쳤습니다.

"울지 마, 순이야."
철이가 순이를 달래줍니다.

"흥? 너 순이 좋아하는구나."
나는 철이에게도 화를 냈습니다.

"석아, 그만 집에 가자."
철이가 내 어깨에 팔을 얹었습니다.

"순이야, 집에 가자."
철이는 돌아서서
순이를 기다렸습니다.

아기 오리 수영강습

아기오리 다섯 마리
엄마 따라 수영 배워요.

풀 사이로 가면 풀 사이로
바위 옆으로 가면 바위 옆으로

낭떠러지를 만났어요.
엄마가 먼저 미끄럼을 탑니다.

아기 오리들
갈까 말까
'아이구 무서워'

찌익~ 찌익~ 하나 둘…
엄마 따라 모두 미끄럼을 탔어요.

오르막길을 만났어요.

아기 오리 종종종

엄마 따라가려고 꽥~ 꽥~

올라가다 찌익~ 올라가다 찌익~

'며칠 더 커야겠구나.'

엄마 오리가 뒤뚱뒤뚱 다시 내려왔습니다.

진실 말하기

"저 빨리 가야 해요."
용석이가
가방을 메고 선생님께 말합니다.

용석이는 오늘도 나머지 공부인데…
선생님은
용석이가 핑계 대는 줄 아십니다.

'선생님, 용석이 핑계 아니에요.'
'용석이 할머니 진짜 아프셔요.'

엄마도 안 계시고
아빠도 안 오시고
용석이가 밥하고
동생도 돌봐줘요.

선생님께 진실을 말 해야 되는데
가슴만 두근거리고
우물쭈물… 말이 안 나와요.

진실을 말하는 게
왜 힘들까요?

구름학교

산 너머로 자꾸 구름이 가는 건
구름학교가 있기 때문일 거예요.

새털구름 양떼구름 조개구름 버섯구름
뭉실뭉실 모여서 무얼 배울까?

더 예쁘고 멋진 구름 만들기
힘들면 비가 되어 땅에 내리기
이슬비 여우비 가랑비 소낙비
때맞춰 알맞게 내려주고

추우면
하얀 눈이불 선물로 주기

근데,
구름학교 선생님은 누구일까요?

아가와 나비

나비 한 마리가
아기 손등에 앉아

아기가 가는 데로
팔랑팔랑 따라가요.

아가의 뽀얀 손등에서
꽃향기가 나나 봐요.

아기는 한 손으로 가만가만
날개를 잡으려다가
나비가 가자는 대로 뒤뚱뒤뚱
걸어가는 중이에요.

꽃씨

꽃씨야 네 속에 뭐가 들어 있을까
너는 빨강 나팔꽃 너는 분홍 봉숭아

예쁜 꽃잎 다칠까
꼬옥 안아주는 거지
꽃씨야 어서어서 눈을 떠봐
봄님이 온단다, 마중 가야지

꽃씨야 나는 네가 누군지
다 알지
너는 키 큰 해바라기
너는 작은 채송화

어서어서 눈을 떠봐
봄님이 왔단다

어서 문 열고 나와

봄님을 맞아야지

* 동요 송택동 작곡

너, 쌤퉁!

초판 1쇄 발행 · 2024년 10월 25일

지은이 · 윤준경

그린이 · 김세영 · 이경덕

펴낸이 · 박옥주

펴낸곳 · 아동문예

등록일 · 1987년 12월 26일

주　소 · (우)01446 서울특별시 도봉구 도봉로 109길 78

전　화 · 02-995-0071~3, 02-995-1177

팩　스 · 02-904-0071

이메일 · adongmun@naver.com/ joo415@hanmail.net

홈페이지 · www.adongmun.co.kr

ISBN 979-11-5913-443-2　　73810

가격 13,000원

＊이 책은 저작권법에 따라 보호받는 저작물이므로 무단 전재와 복제를 금합니다.
＊이 책의 내용을 사용하려면 저작권자와 아동문예의 서면동의를 얻어야 합니다.
＊잘못 만들어진 책은 구입한 곳에서 바꾸어 드립니다.